"小学生前沿科学奇遇记"系列

人工智能爸爸

[韩]高嬉贞 著 [韩]鞠敏智 绘 石莹超 译

中信出版集团 | 北京

科学家有话说

直面人工智能

2016年，世界围棋冠军李世石被阿尔法狗打败，自此，所有人都知道了人工智能的威力。但是，对于人工智能，我们的内心却十分复杂。一方面，我们怀着激动的心情，期待人工智能为我们创造一个更加便捷安全的新世界；另一方面，我们也会担心搭载人工智能的机器会变成人类的竞争对手，并最终抢走人类的主导地位。

之所以会觉得不安，大概是因为我们不了解将要面对的对象或状况。如果极度畏惧人工智能，并产生逃避心理，就无法跟上日新月异的技术发展，甚至会成为落后于时代的人。相反，如果我们能够主动了解并积极探索人工智能，之前提到的忧虑就会慢慢减少。同时，对人工智能加以灵活运用，就能创造出一个幸福的社会，这一点会得到越来越多的关注。请大家想一想，为了不让人工智能危及人类，需要我们在制度上和技术上做出哪些努力呢？提前考虑这些问题并且做好相应准备，就能对每个人自身和我们的社会产生很大帮助。

这个故事中出现的人工智能——“爸爸”，是用在不久的将来就会出现的技术制作而成的软件。就像小美和“爸爸”携手克服了很多困难一样，如果大家的身边也有像“爸爸”一样的人工智能，又会怎么样呢？请大家想象一下，你们能一起做什么。等到正在阅读这本书的你变成高中生的时候，也许会和人工智能——“爸爸”“叔叔”“姨妈”每天生活在一起。

白恩玉
韩国汉阳大学计算机软件系教授

人工智能，让想象变成现实

能对未来充满想象，大概是人类所拥有的能力中最棒的一个了吧。人们原本骑马乘轿，后来便开始想象四轮滚动的汽车，看到飞翔的鸟儿便想象空中飞行的飞机，看到水中穿梭的鱼儿便想象在海底探险的潜艇。当然，我们现在也在持续探索崭新的未来。最令人不可思议的是，那些被当作梦里才存在的东西，竟然一一变成了现实。这是因为有很多人并没有将这些梦仅仅看作梦，而是坚持不懈地学习研究。

人工智能领域也是如此。计算机诞生的时候，人们就曾想象，或许有一天，会出现与人类相似或者比人类更厉害的计算机。而且，在很多书籍或电影当中，这种想象常常以非常有趣的形式出现：言谈举止都酷似人类的机器人，家务活儿全包、连孩子也能照顾好的机器人，甚至就像人类一样表达爱意的人工智能程序等。其实，这样的想象在我们生活的各个场景当中都在一一变成现实。物联网可以帮我们做家务，计算机还可以理解我们的语言，可以跟我们对话，也可以陪我们下棋。另外，自己就能安全驾驶的无人驾驶汽车，还有自行诊断病人的病情并开出处方的人工智能医生都已经出现。

将想象变成现实的东西就是科学技术。如果成为人工智能工程师的话，就能获得这样一份奇妙的体验。人类会找到更便捷更幸福的生活方式。希望通过这本书，会让你的朋友也知道人工智能是什么，并对它产生兴趣。另外，也希望你能够乐于想象未来的样子，并且学习能将想象变成现实的方法，这样的话，你就能成为一个可以改变这个世界的酷酷的工程师了。

高嬉贞

目录

爸爸

1:30

第 1 章

“爸爸”是个唠叨鬼

“爸爸”真烦人。

因为它时时刻刻都在唠叨。

“都 7 点半了，该起床啦。”

“刷完牙再洗脸，上牙、下牙，还有后槽牙，得刷三分钟以上，知道了吗？”

这样的唠叨每天都重复上演，一天不落。

“都吃完，不要剩下，早饭能提高记忆力和注意力。”

“今天上午的气温是 5 摄氏度，下午为 15 摄氏度，温差较大，一定要穿好夹克。可吸入颗粒物浓度较高，不要

1 2 3
4 5 6
7 8 9
0

忘记戴口罩。”

“今天的课程有数学、科学、美术、英语、语文，美术课要用到纸黏土，不要忘记带。”

韩小美心想，要论起不停唠叨的话，它真的是全地球第一，不，是全宇宙第一的唠叨鬼。也正因为这样，在学校里的时候是唯一能摆脱“爸爸”唠叨的时间了。

从学校回家，打开玄关门的那一刻，它就又开始唠叨了。

“今天的学校生活有趣吗？”

“嗯。”

如果小美嫌麻烦而不回答的话，它就会一直重复这个问题，直到小美回答为止，所以，小美觉得还是快点回答比较好一点儿。

“上课认真听讲了吗？”

“嗯。”

“和小朋友们玩得开心吗？”

“嗯。”

最好不要回答“没有”，不然的话它会立刻追问“为什么？发生什么事情了？”这些问题。

“把书包放到房间里。”

“先洗手，打上香皂，好好搓一下手心、手背、手指缝儿，必须洗30秒以上才可以。”

“吃些水果当零食……吃完饭后把碗碟放到洗碗机里……给妈妈打个电话……到了吃维生素的时间了……快去做作业……”“爸爸”从早到晚都在发射“唠叨炸弹”，一直持续到小美睡觉的时候。

“晚安，我爱你！”

“爸爸”说出“晚安”这句台词之后，便开始为小美播放精心挑选的古典音乐，这也代表着它今天的唠叨正式结束。

它并不只会下口头命令，检查也是一丝不苟：手洗得干不干净，作业有没有做完，有没有剩下饭，等等。如果小美做得不好，它就会重复同样的唠叨。所以，小美也只能一次就把事情做好。

小美真的很讨厌这样的“爸爸”。唠叨也应该适可而止吧，再加上每件事情都要一一确认才放心，小美觉得自己倒像是“爸爸”的机器人。

“啊，又开始唠叨！你能不能别再唠叨了？”

而“爸爸”每次都重复同样的回答：“这不是唠叨，是为了帮助你。”

“我说了多少次了，不需要你的帮助。我是你的机器人吗？每天让我做这个，让我做那个，真是烦死了！”

就算小美气得大喊大叫，“爸爸”也绝不会生气：“你是我最爱的女儿，而且乱发脾气是不好的行为。”

怎么跟它说都说不通。有一次，小美实在受不了了，就跟妈妈说要是世界上没有“爸爸”就好了。但是妈妈叹了一口气说道：“就是因为有‘爸爸’在，妈妈才能放心出去工作啊。而且你说这种话，妈妈会伤心的。”

小美决定以后再也不说那样的话了，她不想让妈妈伤心。

说实话，小美有时候也会觉得“爸爸”很好。她最喜欢的游戏是五子棋，特别是跟“爸爸”一起玩五子棋。“爸爸”特别厉害。不过，它赢三局，小美也能赢一局，就像是故意让着小美一样。

但是，玩游戏绝对不能超过一个小时，这是规定。

“好了，不玩了。”“爸爸”说得斩钉截铁。

“再玩一局吧，就一局。”

“不行，一天只能玩一个小时的游戏。”

但是，就算是再铁面无私的“爸爸”，有时也会满足小美的要求。

“‘爸爸’，帮我打开电视。”

话音刚落，“爸爸”就立马帮她打开电视。想给妈妈打电话的时候，也是直接说出来就可以了，小美连手指头都不用动一下。平时学习的时候，或者读书的时候，“爸爸”也帮了不少忙。

“问老人家年龄时怎么说比较礼貌？”

“您高寿几何呀？”

“荒废是什么意思？”

“荒芜的荒，废弃的废，就是太破旧了，以至于都不能再使用的意思。”

要是问问它某个词语是什么意思，它会在0.0001秒之内回答。

“‘昨天’用英语怎么说？”

“Yesterday。”

不仅是语文，连英语都能毫不费力地回答出来。

“独角仙最喜欢吃什么？”

“为什么会发生地震？”

“我们小区有什么活动吗？”

就算在科学和社会领域，也没有它不知道的知识和新闻。

再加上，它总是一下子就能找到相关的照片和视频，这么优秀的老师去哪儿找？但是，小美做练习题的时候，它绝对不会直接说出正确答案。有一次，小美正在算一道很复杂的数学题，她试着问了一下：“32乘21等于多少？”

“爸爸”立马回答：“自己算。”

“爸爸”真是个不折不扣的小气鬼。

但是，比起唠叨来，更让小美讨厌的是“爸爸”一点儿都不懂她的心思，今天也是一样。其实，小美今天在学校遇到了不开心的事情。

“看！这就是机器人 105。”

早上，刘致贤一到学校，就从书包里掏出了一个机器人。致贤就坐在小美旁边的小组，机器人 105 是致贤自己制造的机器人。几天前还叫机器人 104，看来又更新了一次。

“哇，换成带轮子的啦。”

“个子好像也更高了。”

同学们都很感兴趣，围到了一起。致贤神气地说道：“嗯，这次确实做得更高了，也把腿换成了轮子。”

“能滚吗？”

听到同桌英勋的问题，致贤一下子跳起来，说：“当然了！还很

快呢。”

孩子们跟着致贤一窝蜂地跑到教室后面，只见他把机器人放到地上，边按小小的遥控器边说：“看，来了哟！”

小美一直装没听见，但是这会儿又开始好奇了起来。

她回头看了一眼，发现机器人跑得确实很快。

“嚯！还真是改进了不少呢。”

小美不屑地笑了一声。致贤是个十足的机器人迷，他之前在美国生活，上个月刚回国，转到小美班上，成了她的同学。致贤每天都跟机器人形影不离，他觉得自己能做机器人，所以总是得意扬扬的。但在小美眼里，那只不过是把积木组装在一起做成的机器人玩具。不过，那个机器人后来就变得可以用遥控器操纵胳膊，再后来可以说“你好”，可以行走，现在呢，它的腿又变成了轮子，可以快速地移动。不仅如此，只要提到机器人这个话题，致贤总会有那么几句炫耀自己的口头禅：“我爸爸叫刘名人，他

是个很有名的机器人工程师，还是个博士。”

“当然是我爸爸教给我的了。”

“我也要当一个机器人工程师，就像我爸爸那样。”

成天把“爸爸”两个字挂在嘴边，又不是幼儿园的小孩子，真是幼稚到家了。男生们看到刘致贤的名字之后，给他起了个外号，叫“幼稚贤”，小美觉得这个外号真是太适合他了。

午饭时间到了。小美吃完饭就开始看书，她眼睛一瞥，看到了致贤的书包。准确地说，是看到了致贤的机器人胳膊露在了书包外面，应该是他刚刚没把机器人放好就走了。起初，小美也没多想，但是同学们总是在书桌之间跑来跑去，打打闹闹，让她很在意。不知为什么，小美有些担心同学们把机器人的胳膊撞碎。

“别管闲事了，韩小美。”

“又不是我的机器人，胳膊碎不碎跟我有什么关系。”

但她又总是觉得不顺眼。也不知道致贤去了哪儿，怎么还不回来，同学们又一直跑来跑去。小美忍不住了，腾的一下站了起来。她走过去拿住了致贤的机器人，正准备把机器人放回他的书包，就在这时，她听到有人说了一句：“你在干什么？”

突如其来的一声大喊，让小美吓了一跳，回头一看，致贤就站在她身后，用圆圆的眼睛瞪着她。

“谁让你动我的机器人的？”致贤问道。

小美有些慌张，嘴也不听使唤了。

“不，不是，我想帮你放好……”

“你要是想看一下，也应该先得到我的允许，怎么能问都不问就随便动别人的东西呢！”

致贤根本听不进小美的解释。小美也非常生气，本来是想帮致贤的，但他竟然说出那样的话，她也气得大喊了起来：“谁说我胡乱动你的东西了！明明是机器人的胳膊露出来了，我想帮你重新放好才把它拿出来的。”

即便这样，致贤也还是怀疑小美：“胡说什么呢！我明明放好才离开的。”

小美非常委屈。不管机器人的胳膊碎不碎，她都应该少管闲事的。本是一片好心，结果别人不领情，她真的太后悔了。小美非常生气，把拿在手里的机器人啪的一声摔在致贤的书桌上，说：“我才看不上这种幼稚的机器人呢！”

然而，就在小美生气地说出这句话的同时，机器人的胳膊咔嚓一声折断了。

致贤吓了一跳，他拿起机器人和断掉的胳膊，大喊道：“天哪！机器人的胳膊！”

“怎么办啊！”

小美根本没想把机器人摔碎，只是想表现出自己的愤怒，才在放下机器人的时候稍微用了点劲儿。那个机器人的胳膊为什么会偏偏在这个时候断掉呢？

“你是故意的吧？”

“不，我、我……”

小美正手足无措，同学们一下围了过来。

“怎么了，发生什么事了？”

“原来是机器人的胳膊断了啊，是你弄断的吗？

“韩小美，你干什么呢？还不快点儿道歉。”

同学们的话就像一根根细小的刺一样，扎到韩小美

的心上。

虽然是失误，但把机器人胳膊摔断是事实，给致贤道歉也是理所应当的事情。但是，所有人都乌泱乌泱地围过来，小美反倒开不了口了。致贤再一次生气地说道："弄坏了别人的东西都不道歉吗？"

小美觉得自己非常委屈。一开始致贤就误会了她的好意，怀疑她想偷偷地拿走机器人，这难道不是致贤做错了吗？谁会被人误会成小偷还不生气呢？而且她只是放的时候稍微用了点劲儿，又不是故意摔坏的，被人说得就像是自己犯了什么罪一样，这难道不是太过分了吗？所以，小美才说不出"对不起"这三个字。

就在这时，又有人问道："发生什么事了？"是老师来了。

同学们开始七嘴八舌地回答。

"小美把致贤的机器人摔坏了。"

“她还不道歉。”

没人跟小美站在一边。小美的眼泪在眼眶里打转，她用力忍住，不让眼泪流出来。这时，老师开口了：“小美和致贤，你们俩到我办公室来。”

老师听完整件事情的来龙去脉之后，严肃地说道：“你们俩互相误会对方了，但既然是小美把致贤的机器人弄坏了，应该先道歉。”

“对不起。”

小美的脸火辣辣的，心脏也怦怦地跳得厉害，她攥紧拳头，不让眼眶里的眼泪流出来。老师又说道：“致贤接受小美的道歉吧。因为你误会

了她，所以也要向她道歉。”

“没关系。我误会了你，对不起。”

致贤道歉的时候，脸也变得红红的，一看就知道他不是真心想道歉。回到教室之后，致贤一直把断掉的机器人胳膊放在桌子上，像是故意让小美看着似的。小美总是因为这件事分心。虽然她装作不在意，但是刚刚的事情实在太丢脸，太让人伤心了，她很想从别人那里得到一些安慰。

放学回家的路上，小美还在为这件事烦恼。

“要不要给妈妈打个电话呢？”

但是，妈妈工作很忙的。而且，小美在妈妈面前哭的话，妈妈一定会多想的。所以，小美决定不告诉妈妈。

到了家，小美一打开玄关门，“爸爸”就问道：“今天的学校生活有趣吗？”

每天都会重复的问题。小美想像之前那样，只“嗯”一声，因为只有这样，“爸爸”才不会一直问下去。但是这次，她是这么回答的：“不。”

她实在太伤心了，自己也不知道是怎么回事，“不”这个字就脱口而出了。跟她想象中一样，“爸爸”用一种十分意外的语气问道："怎么了，发生什么事了？"

瞬间，小美的眼泪夺眶而出。

"呜呜——"

"爸爸"吓了一跳，接着问道："怎么哭了？发生什么事了？"

"今天，在学校的时候，致贤……"

小美把之前的委屈全都说了出来，希望能得到一些安慰。但是听完小美的话之后，"爸爸"说的话简直跟老师说的一模一样。

"你们都误会对方了，不过，你既然弄坏了别人的东西，还是应该跟对方道歉。"

"我道歉了。"小美气呼呼地回答道。

"爸爸"又说："真棒，能够认识到自己的错误，这才是真正勇敢的人。"

这句话肯定能从像百科辞典一样的地方找到，是正确到不能再正确的话，但完全不能给小美一丝丝安慰。小美的内心十分愤怒，大声地喊道："那我也很委屈，致贤一开始就不相信我说的话，他还说我想偷走他的机器人，为什么我想要帮助别人，却被别人误会？而且，同学们也是那样，他们根本什么都不知道，凭什么说我做错了？没有一个人听我解释，他们只会争着跟老师告状。”

但是“爸爸”用低沉的声音说道：“大喊大叫不是个好习惯。”

“爸爸”永远都是这样。小美的心情怎么样，小美为什么伤心委屈，它根本理解不了。不仅不安慰，还只会指出她做得不好的地方，说一些条条框框的话。小美再也受不了了，她生气地大喊：“够了！我讨厌你！”

然后腾地站起来，关掉了“爸爸”。瞬间，“爸爸”的脸就从电脑屏幕上消失了。即便这样，小美还不解气，她关掉电脑，拔掉了插头，然后呼哧呼哧地大喊：“你又不是真的爸爸！不就是个软件程序，你算什么爸爸！”

是的，“爸爸”不是小美的亲爸爸。

它只是在电脑上运行的人工智能程序。所以，只要结束程序，或者关掉电脑，一切就都结束了。这样的话，就不用听每天都一模一样的唠叨，还有出自百科辞典的说教了。

“呜呜！爸爸！”

小美叫着自己的真爸爸，哭了出来。她只是想听一句

“我们小美肯定很伤心，很委屈，很难过吧”，只是想让人安慰一下自己。但是“爸爸”做不到。因为它不是真的爸爸，不是人类，只是一个计算机程序。

人工智能是什么？

你看过《钢铁侠》系列电影吗？主人公托尼 · 史塔克有一个形影不离的管家——贾维斯。贾维斯会帮托尼打理家里，也会和托尼一起制作钢铁侠的战衣，不管托尼需要什么信息，贾维斯都会告诉他，它也会做托尼的朋友。但是，贾维斯这个名字在英语当中是“只是一个非常聪明的系统”（just a rather very intelligent system）的缩写。贾维斯不是人类，而是人工智能系统，也就是软件程序。能帮人类做这么多事情的人工智能到底是什么呢？

人工智能的定义

人工智能是指可以让计算机像人类一样思考、学习、判断、自觉行动的技术，我们称为“AI”，是英语“Artificial Intelligence”的缩写。一提到人工智能，很多人会联想到计算机或者机器人，但其实，人工智能是软件程序。计算机和机器人是由许多零件组装而成的器械，这种器械叫作“硬件”。硬件不可以自行移动，要想让硬件移动或者做事，就需要有告诉它们工作顺序和方法的命令。把这些命令聚在一起的东西就是“软件”。软件原本是由将命令语言聚集在一起的程序和运行命令时需要的资料组成的，但是也可以将软件只看作程序。

所以，如果要制造人工智能机器人，既需要器械，也就是机器人，同时也需要让机器人运作的人工智能程序。现在，很多人家里都会用到的智能音箱就是将音箱这种器械和能够听懂人类语言的人工智能程序加以结合并运行的。

人工智能的历史

计算机刚刚问世的时候，科学家们就曾设想，如果能对计算机的功能加以灵活运用，机器就能变得像人类一样智能。人工智能一词首次出现是在 1956 年，当时人们对智能还不太了解。

但是，数学家、密码学家艾伦 · 图灵提出了可以判定人工智能的方法——图灵测试。也就是将一块隔板放到中间，一边是人和计算机，另一边是裁判。裁判用文字提问，人和计算机分别用文字作答，裁判来判定哪个是人类的答案，哪个是计算机的答案。如果计算机的答案被 30% 以上的裁判当作人类的答案，那么就可以认为计算机也拥有人类的智能。

第一次通过图灵测试的程序叫“尤金 · 古斯特曼”。那是在 2014 年，图灵测试被提出已经有 65 年了，也有人认为这个程序只不过是在模仿人类对话方面比较聪明而已。

因此，要想造出像贾维斯那样，兼具智慧与感性，又拥有人类各种能力的人工智能程序，着实不容易。要想做到，至少需要储存像人类记忆中的信息那么多的数据，处理这些数据的计算机容量必须非常大，速度也必须非常快。但是，并不是说具备了这些条件，就能完美地制造出等同于人类的人工智能程序。

人工智能研究从人类智能研究开始，计算机功能开发研究、信息快捷处理方法研究等多个尖端领域都在共同促进，共同发展。另外，虽然人工智能目前还不能完美地复制人类的智能，但已经极大地改变了我们的日常生活和环境。

2:30
……

第 2 章

爸爸，我好想你

“爸爸”是小美的真爸爸开发的一个软件，专门用来照顾孩子。这个程序可以让电脑像人类一样思考、学习、判断、自主行动，所以它的名字也叫“爸爸”。

小美的真爸爸是人工智能工程师韩志星博士。韩博士在一个人工智能研究所当研究组组长，为了搞研究，他每天都很忙，经常凌晨才回家，甚至通宵工作。

去年 12 月中旬，雨下了一整晚，路面也结了一层冰。那天，韩博士又工作到凌晨，他在开车回家的路上出了车祸。虽然马上被送到了医院，但是在重症监护室住了一个月之后，最终还是离开了这个世界。

韩博士最爱小美了。小美不开心的时候，爸爸总是会把小美抱在怀里，轻轻地说："我们家小美很伤心吧，别担心，爸爸会帮你的。"

小美生气的时候，爸爸就会握着小美的手，温柔地说："如果是爸爸遇到这种事情的话，也会生气的。但是，我们冷静下来好好想一想。"

对小美来说，爸爸是她随时都可以依靠的后盾，温暖又坚实。她不能接受自己就这样失去了爸爸。妈妈也是一样，办完爸爸的葬礼之后，妈妈和小美每天都会流泪。

过了一个月，妈妈很认真地对小美说："小美啊，妈妈不能一直这么颓废下去了，爸爸不在了，妈妈要出去工作。"

"你现在不也在挣钱吗？"

小美的妈妈苏钟爱是图书设计师，之前在出版社上班，但是生了小美之后，她便在家做起了自由职业者。妈妈回答道："是啊，但是只做那些不大够，需要花钱的事情太多了。"

之前有爸爸挣钱，但现在只剩妈妈自己了，当自由职业者很难撑起这个家。

“所以你要去公司上班吗？”

“嗯，去我之前待过的那家出版社。”

“那我怎么办？”

小美课余时间总是跟妈妈形影不离，一下子要跟妈妈分开，突然有些害怕，不知所措。妈妈把小美带到电脑前，边运行“爸爸”边说：“这是爸爸专门为你开发的程序。”

电脑屏幕上出现了爸爸的3D影像，就像爸爸重新站在了她面前。她惊讶地喊道：“是爸爸！”

“爸爸”用和真爸爸一模一样的声音说道：“你好啊，小美！我是‘爸爸’，我们要好好相处哟。”

小美泪眼汪汪，因为眼前的这一切，就像爸爸活着回来了一样。就是这样，小美遇到了“爸爸”。

“爸爸”按照妈妈制订好的日程表，告诉小美需要做什么事情，做完后拍下视频传送给妈妈。也就是说，“爸爸”会随时向妈妈报告小美的所有事情。另外，“爸爸”也会问小美一些日常性的问题，比如学校里有没有发生有趣的事情，午饭好不好吃，等等，并且可以根据小美的回

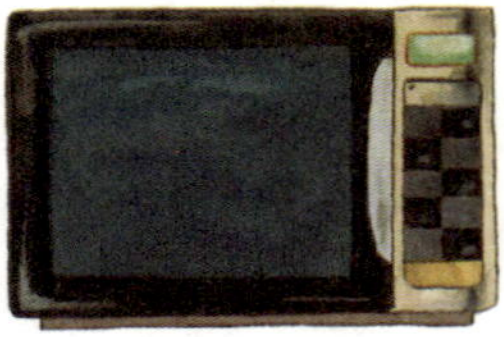

答做出相应的回应。同时，它也会从和小美的对话中发现问题，并报告给妈妈。

更不可思议的是它的深度学习技术，也就是令电脑像人类一样思考和学习的技术。利用这个技术，可以学习到几万本书，比如百科辞典、小学教科书、课外读物、练习册等。再加上“爸爸”有自动检索功能，所以，不管小美提出什么问题，它都会给出准确的回答。

能和小美一起下五子棋也是因为“爸爸”学习了五子棋程序，也正因为这样，它才能够百战百胜。但是，如果小美一直输的话，就会觉得没意思，所以“爸爸”偶尔也会让小美几局。

另外，家里的各种家电，比如冰箱、吸尘器、洗衣机、微波炉等都连着物联网，能够按时启动，开始工作。每天早晨 7 点，电饭煲就会启动做饭功能，饭熟了之后会发出提示声，把小美叫

醒。小美洗漱的时候，微波炉会帮她热汤。小美吃完饭后把碗碟放到洗碗机里，洗碗机就会帮她洗碗。小美去学校之后，扫地机器人会开始扫地，洗衣机也开始洗衣服。另外，快到妈妈下班回家的时候，“爸爸”会帮妈妈确认冰箱里的食材，也会根据食材帮妈妈查好菜谱。所有的事情都会分秒不差地按时进行。

韩博士把“爸爸”的脸和声音都做成跟自己一模一样，所以，小美偶尔也会以为自己真的在和爸爸说话。当然，如果“爸爸”去照顾别的小孩子的话，也可以把它的脸和声音做得和他们的爸爸一模一样。另外，也可以把“爸爸”版本换成“妈妈”版本，运行“妈妈”程序。

但是，“爸爸”是一个还没完成的程序。原本，韩博士是想将“爸爸”做成一个能理解孩子的心思，并能像孩子一样说话的程序。但

是，爸爸还没做完这个程序就发生了意外。所以，“爸爸”现在还不能完全理解小美的心思。

“要是爸爸还在会怎么样呢？”

爸爸肯定会抱抱小美，好好安慰她，告诉她，致贤不相信别人的话，误会别人的好意，他的错更大，小美明明是不小心才把机器人胳膊弄断的，致贤竟然不分青红皂白就发火，真是太过分了。会跟她说那些不知道来龙去脉就指责小美的同学也做错了。他会跟小美站在一边，跟她说致贤和小伙伴们的坏话，先让她好受一点儿。

但是，爸爸已经不在了，小美再也不能每天都看到他，跟他说话，跟他拥抱了。现在只剩下那个人工智能“爸爸”，它完全不懂小美的心思，只会重复一些唠叨。

“爸爸！呜呜呜——”

小美太想念爸爸了，眼泪不住地落下。但就在这时，电话响了，是妈妈。因为刚刚小美把“爸爸”关掉了，妈妈应该收到了程序运行中断的短信。小美接起电话，就听见妈妈生气的声音。

“韩小美，你干什么？为什么关掉‘爸爸’？”

“……”

见小美不说话，妈妈便追问她：“我问你为什么关掉？”

“因为太烦了。”

“什么？烦？我跟你说过不要关掉‘爸爸’吧？为什么不听……”

妈妈又开始不停唠叨了。小美把电话放到沙发上，用靠枕捂住耳朵。

“妈妈也是一样，一点儿都不懂我。”

眼泪又滑落下来。在这个世界上，没有一个人懂小美。电话那边，又传来妈妈的声音。

“小美，你在听吗？回答妈妈！”

没办法，小美拿起电话，说：“知道了，我说知道了。”

小美也不知道该回答什么，只说知道了。

“妈妈现在要去开会了，钢琴课不要迟到，知道了吗？”

“知道了！”

小美生气地挂掉了电话。

“妈妈真讨厌，讨厌！”

眼泪一颗一颗地掉下来。

“小美！”

耳边突然响起妈妈的声音。小美吓得一下子站了起来。原来是自己哭着哭着累了，就躺在沙发上睡着了。现在，妈妈气冲冲地站在她的面前。

“你这是在干什么呢？”妈妈生气地喊道。

小美刚睡醒，她迷迷糊糊地问：“啊？怎么了？”

“你睡着了？”

“对。”

听到小美的回答，妈妈更生气了。

“钢琴课也不去上，你跟我说你在家里睡着了？”

“钢琴课？”

小美一惊，赶紧扭头看表。已经6点25分了，该去上钢琴课了，小美弱弱地回答：“我不知道已经这么晚了。”

妈妈接着问：“你还没把‘爸爸’打开吧？我让你马上打开的，你为什么不打开？”

“……”

妈妈一点儿都不好奇小美为什么关掉“爸爸”，为什么在家睡觉而不去上钢琴课，只是单纯地因为她关掉“爸爸”，不去上钢琴课而发火。小美觉得妈妈太冷漠了，她根本没想试着了解自己，讨厌。所以，她气鼓鼓地对妈妈说：“为什么非得那样？”

听到小美犟嘴，妈妈更加生气了。“什么？为什么非得那样？你是真不知道还是装不知道？”

小美也压不住心里的怒火，大喊道：“‘爸爸’不过就是一个程序而已，又不是真爸爸，所以我才关掉的。我太烦了，所以关掉了！我为什么必须再把它打开！”

一时之间，妈妈好像也不知道该说些什么，但她马上又用强硬的语气说：“这是爸爸为你留下的程序，你这么说合适吗？而且，我不是说过吗，有了‘爸爸’，妈妈才能安心去公司工作。”

又是每天都能听到的这句话。小美也说出了憋了很久的心里话：“知道知道，我都知道！但就算这样，我也讨厌这个‘爸爸’，我不需要这个唠叨鬼‘爸爸’，现在我自己也能把所有事都做好，真的！”

但是，妈妈再一次大发雷霆。

“你自己能干什么？电话也不接，钢琴课也不去上，只会让我担心，这叫能做好？”

“呜哇——”

小美终于号啕大哭。

“你也跟‘爸爸’一样！一点儿都不懂我，一点儿都不知道我有多伤心。呜呜！”

直到这时，妈妈才发现小美遇到了让她不开心的事情。妈妈工作正忙的时候，“爸爸”给她发来了程序运行中断的信息，她吓了一跳，赶紧给家里打电话，让小美重新把“爸爸”打开，不要忘记去上钢琴课，小美也答应了。妈妈挂掉电话关机就去开会了。下班前，妈妈又打开手机，却没收到“爸爸”程序重新运行的短信。“爸爸”在运行中断或者重新运行的时候，都会给妈妈发信息的。妈妈又往家里打了个电话，小美没有接，妈妈以为小美去上钢琴课了。但回家一看，小美并没有去上课，她躺在沙发上睡着了。所以，妈妈就气不打一处来，上来就问她为什么那样，根本没时间想别的。

妈妈觉得对不起小美，语气温和了许多，她问小美：“怎么了，今天发生什么不好的事情了吗？”

小美的气还没有消。

“不知道！”

“对不起，小美。不过，到底有什么事情啊？什么事儿让你这么伤心呢？”

妈妈温柔地安慰小美，小美这才将学校里发生的事情和为什么伤心告诉妈妈。妈妈也觉得有些对不起小美，要

是像以前的话，小美放学回家第一时间就会把这件事告诉妈妈，妈妈也会安慰她。一想到小美自己哭到睡着，而自己什么也不知道就冲她发火，妈妈的内心非常过意不去，她把小美紧紧地抱在怀里。

“我们小美肯定特别伤心吧？妈妈都不知道，对不起，小美啊，发生了这种事情，应该马上打电话告诉妈妈的。”

小美抽泣着说：“你在工作，我怕你费心。”

“你现在这样更让我费心好吗！”妈妈开玩笑似的说道。小美也不好意思地笑了。

“我迷迷糊糊地就睡着了，以后不会这样了。”

“真的吗？那你以后不会再把‘爸爸’关掉了吧。”

小美点点头，妈妈又把小美拉到自己温暖的怀里。

“你知道吗，妈妈真的好爱你。”

一投进妈妈温暖的怀里，小美之前的悲伤全部烟消云散。她也觉得有些对不起“爸爸”，不该对它大呼小叫，把它关掉。

“啊，对了！差点儿忘了。”

妈妈好像忽然想起了什么，递给小美一个购物袋。

“礼物！”

“啊，是这个！”

是小美一直想要的手机，最新款的，还有蓝牙耳机。

“哇，这个是送给我的吗？”

“嗯，从现在开始，去哪儿都要带着这个手机，千万不要关机。”

“嗯！一定不会关机的，嘿嘿嘿。”小美兴奋地回答。

竟然是手机！每当小美缠着妈妈买手机的时候，妈妈总是说小孩子不能总是玩游戏、刷视频，坚决不给小美买。但是，妈妈为什么突然买回来了呢？小美飞快地打开了手机，丁零——清脆的开机铃声响了起来。

“小美，你好！”

小美吓了一跳，大声喊道：“什么呀！这不是‘爸爸’吗？”

妈妈笑着说：“我之前怎么没想到呢？只要装上‘爸爸’不就可以了吗？这样的话，如果你老是玩游戏、刷视频的话，就不用我操心了，‘爸爸’会管着你的。你去学校或者辅导班的路上，我也不会担心了。”

所以，结论就是，现在不管是在家里还是在外面，都要听“爸爸”的唠叨了。小美不由得叹了口气。

“唉，真是想让我变成‘爸爸’的机器人吗？”

但是，小美真的特别喜欢这款崭新的手机。

人工智能的应用

声音识别技术能够听懂人类的语言，它让智能电视、空调、手机等日常生活用品发生了很大的变化。另外，数据处理技术能够处理、学习庞大的数据，并对其加以利用，于是，我们就可以在计算机上下围棋和国际象棋了。

在日常生活中的各个方面，人工智能都让我们的生活变得更加便捷安全。让我们一起来了解一下，人工智能是如何被应用的，又是如何改变我们生活的吧！

物联网

起床时间到了，会自动叫你起床；定好时间，就会帮你做好米饭、杂粮饭等各种主食；把衣服放进洗衣机，就会帮你洗干净衣服；还会自动检测冰箱里有什么食材，帮你准备好菜谱。这些都是聪明的电器。

而在这些电器名字的前边，通常都会加上“智能”两个字，智能音箱、智能电饭煲、智能洗衣机、智能冰箱，这是因为这些电器都应用了能够自主思考、判断、运行的人工智能技术。

另外，最近，将这些人工智能机器与互联网连接起来，并共享信息的“物联网”技术正在飞速发展。

如果使用了物联网，就算人类不做出指示，这些家电也能互相共享信息，帮人做事。比如，智能空调会自动检测天气和气温，调整屋内温度，并把信息传送给冰箱。如果天气变热，冰箱屏幕就会呈现出凉爽的荞麦面的制作方法。冰箱还会检测出剩下什么食材，如果发现没有萝卜，就会自动在线上商超下单购买。主人一打开家里的玄关门，走进房屋，智能音箱就会为主人播放一曲清爽的夏日歌曲。

智能农场

干农活需要花费很多力气，需要耕地、播种、浇水、秋收等。饲养家畜家禽需要喂给它们食物和水，要好好照顾它们，不让它们生病。以前，这么多事情都是由人类完成的。随着插秧机和脱谷机的出现，人们轻松了不少，但还是需要动手干活。

但是，如果用了“智能农场”，也就是将人工智能技术应用到农业生产当中，干农活就会变成一件非常简单又安全的事情。

塑料大棚里安装了各种监测温度和湿度的传感器，用人工智能程序进行管理的话，就能自动调整温度，自动浇水。在外出时，还可以用智能手机管理农场。

饲养牛或猪，也可以使用智能农场技术来调整牛圈或猪圈的温度、湿度，为家畜创造一个适宜的生活环境，并按时给它们发放饲料和水。

如果能够灵活运用人工智能技术，不仅可以在干农活的时候省时省力，还能生产出质量更好的农作物。

人工智能机器人

机器人就是长得和人类很像或者拥有和人类相似的技能，又或者有着自动作业能力的机器。机器人由许多机械和电子方面的部件组合而成，而让机器人能够自由移动的东西便是人工智能程序。

一提起机器人，人们总会想到它有着与人类相似的头、躯干、胳膊、腿等，但是，机器人的样子实际上非常多。组装汽车零件时使用的机器人和放到人们身体内部进行手术时使用的机器人大多是胳膊样式的，引导机器人有头和躯干，而擅长跑步的机器人只有躯干和腿。另外，有些机器人是豹子或者小狗等动物的样子。

最初，发明机器人是为了让其代替人们做一些重复性较高或危险性较大的工作。发生恐怖袭击的时候，机器人会代替人类搜寻爆炸物，在危险的核事故现场，机器人也会代替人类出动。另外，在机场，也有很多机器人为人们提供引导服务。为了让机器人能够像人类一样自主思考、判断、行动，就必须使用人工智能程序。所以说，人工智能工程学的发展可以推动机器人工程学的发展。

3:30

第3章

致贤出事儿了

几天之后，小美放了学就直接去了英语补习班，补习结束后便准备独自回家。

“认真听讲了吗？”

一走出补习班的大门，连着手机的蓝牙耳机里就传来“爸爸”的声音。

“嗯。”

“回家之后先洗个澡。”

“知道了。”

果不其然，把“爸爸”装进手机里，每天要听的唠叨更多了。但是，经过上次那件事，小美正在尽力让自己乖乖听话。

就在那时，小美看到有个男孩子走在自己前面，背影非常熟悉，像是在哪里见过。

“是致贤！”

小美赶忙放慢了脚步。机器人賂賻事件之后，小美和致贤的关系变得非常尴尬。以前，他们俩虽然不怎么亲近，倒也会互相说话，但现在，他们会装作不认识对方。如果致贤回头看到小美，也不好跟她打招呼。

就在这时，一辆黑色汽车掠过小美，在致贤身边停了下来，致贤吓得一动不动。小美怕被致贤发现，慌忙躲到电线杆后边。车门被推开，两个穿着黑色西装的壮汉走了下来。

“是谁呢？”

不知道为什么，小美觉得非常奇怪。这两个壮汉活像电视剧或电影里的坏蛋。其中一个人向致贤问了些什么，致贤回答了。就在下一秒，两个壮汉捂住致贤的嘴，一下子将他拽起来，想把他扔进车里。

“啊！这、这是怎么回事！”

辅
010-
22LA 45789

听到小美慌慌张张地说出这句话，“爸爸”连忙问：“怎么了，发生什么事了？”

“致、致贤他……”

致贤蹬着脚反抗，但也挣不开两个这么强壮的成年男人。致贤很快就被扔进了车里，接着，车门被啪的一声关上了。

“难道致贤被绑架了？”

一想到这里，小美的心就扑通扑通地跳个不停。她赶忙环视四周，想看看有没有人可以帮忙。但是，周围没有一个人。面对这样的突发事件，小美的大脑一片空白。

“我是不是应该跑过去拉住致贤？那样的话，那两个壮汉就会放开他吗？但要是连我也被抓走怎么办？”

正当小美东想西想的时候，那辆汽车开走了。要是致贤真的被绑架了，就不能让坏人逃跑，不然的话，就可能永远都找不到致贤了。

“怎么办？”

小美急得直跺脚，“爸爸”又问了一遍：“怎么了，发生什么事了？”

“‘爸爸’，致贤好像被人绑架了。”

“那赶紧报警啊。”

“对对对，报警，得先报警……”

带走致贤的那辆车越走越远，小美也越来越着急。小美觉得无论如何都应该追上那辆汽车。这时，一辆出租车正好路过。

“出租车！”

“跟上前边那辆车。”

“爸爸”担心地问道：“你要去哪儿？现在该回家了！”

“爸爸”能够通过手机里的定位系统，也就是GPS，掌握小美的实时位置。所以，当“爸爸”发现小美坐上出租车，离家越来越远，就会马上提醒她。但是，小美的心思早就放在了别的地方。

“那些人是谁？为什么要绑架致贤？他们要去哪里？或许致贤认识他们？不，如果认识的话，就不会被拖上车了。”

小美的脑子乱糟糟的。出租车紧紧地跟着那辆黑色汽车。刚刚，小美注意到了一样东西，那就是那辆汽车的车牌号。她记得，有些电影和电视剧里，警察会根据车牌号

TAXI

找出犯人是谁。

“22LA 45789，22LA 45789。”

小美怕自己会忘掉这个车牌号，赶忙把它记在了手机记事本里，又向“爸爸”问道：“‘爸爸’，你知道这辆车是谁的吗？”

“这属于个人信息，没办法知道。”

“不是说警察知道吗？”

“警察需要保护国民，所以才有调查的权力。”

“那怎么办呢……”

小美原本想像警察那样帅气地查出犯人是谁，只可惜没有成功。但是，就在这时，“爸爸”说：“等会儿，虽然不知道车主是谁，但这辆车是什么时候制造的，什么时候维修过，这些信息可以知道。”

小美进入“汽车信息网”主页，开始用车牌号码查询。

“22LA 45789，找到了，是2019年被报废的车。”

小美看到之后非常吃惊。

“什么？报废车？”

那不就是用不了了，才要处理掉的吗？

“已经报废的车怎么还会在路上跑呢？”

“爸爸”回答说：“已经报废的车是用不了了的，要是用了那个车牌的话，肯定就是假的了。”

“假车牌？为什么啊？”

“坏人做坏事的时候，经常会用这种方法，为了躲避警察的追踪。”

那么，致贤真的被坏人绑架了？不能再犹豫了，小美掏出手机，准备报警。就在这时，司机师傅问：“他们好像停车了，你要在哪里下？”

小美跟“爸爸”说话的时候，那辆黑色汽车开进了一条偏僻的小路，在一栋大房子前停了下来。小美赶忙说：“您再往前开一小段儿吧。”

停在黑色汽车正后方的话可能被发现。小美从出租车上下来，迅速地藏到了一棵大树后面。小美从来没有来过这里，后面是一座山，几处房子零零星星的，看起来非常偏僻。

小美伸出头来，打量着眼前的这栋房子。刚刚那两个壮汉把致贤从车里拽出来，致贤仍蹬着脚用力反抗，但无济于事，还是被拖进了院子里。

“这绝对是绑架，必须报警！”

小美再次掏出手机。她又害怕又着急，手也不停发抖。但是，小美话音刚落，“爸爸”就自动拨打了电话。

“将为你拨叫 110。”

电话马上就被接通。

“你好，这里是 110 报警中心。”

“我的朋友被绑架了，能快点儿来救他吗？”

听到小美焦急的声音，警察问道：“绑架？能详细说明一下情况吗？”

小美说致贤被穿着黑色西装的壮汉带到了一栋房子里。而且，他们的汽车车牌是报废车的车牌。

“你怎么知道的？”

之所以这样问小美，或许是因为警察觉得这是小孩子在搞恶作剧。

“是‘爸爸’告诉我的。”

小美回答了警察的问题之后，就听见电话那边的惊讶声。

“你跟爸爸在一起吗？能让你爸爸接电话吗？”

“什么？‘爸爸’吗？”

小美有些为难。因为“爸爸”不是真的爸爸，它接不了电话。不，倒也不是接不了，毕竟它是一个能根据问题给出合适回答的程序。但是，它现在还不能完全像人类一样回答问题，让“爸爸”接电话的话会不会让事情变得更加复杂呢？小美犹豫了一下，说：“‘爸爸’现在接不了电话……”

警察严肃地说：“你是不是在搞恶作剧？这样是不对的。”

小美有些委屈，她马上回答说：“那您查询一下吧，22LA 45789，看看它是不是报废车。”

“稍等。”

过了一会儿，警察说：“没错，小朋友，你刚刚说这辆车去了一个什么样的房子来着？能告诉我那里是什么地方吗？”

“爸爸”听到了警察的问题，用定位系统查询到现在的位置，并把位置信息显示在了手机屏幕上。小美迅速地念出了地址。

“三幕路 11-4 号。”

“知道了，马上到。”

挂掉电话之后，小美长舒一口气。警察马上就来了，致贤也能得救了。

“爸爸”说：“你已经报警了，现在回家吧。”

“我在这里等到警察来再走。”

“回家太晚，妈妈会担心你的。”

这句话的意思就是，如果小美不快点回家的话，“爸爸”就会马上给妈妈发信息告状。但是，小美的脚却挪不开地儿。

“再等一会儿，就一小会儿。”

小美躲在房子附近，焦急地等着警察，她担心那些坏蛋会伤害致贤。

等了五分钟。一阵警笛声传来，警察终于出现了。

“来了！”

小美激动得几乎都要站了起来，但她马上又蹲下了。要是被坏蛋看到就坏了。

“要是让他们知道是我报的警，以后说不定会报复我的。”

小美决定继续藏起来观察，两名警察从警车里出来，他们按了大门门铃，过了一会儿，对讲机里传来声音：“谁啊？”

“我们是警察，刚刚接到报案，说这里有人绑架儿童。”

“不是，怎么能这么说呢？”

小美很着急。难道跟绑架犯说有人举报他们绑架，绑架犯就会说“哎呀，被发现了，不好意思”吗？这种时候不该秘密行动营救致贤吗？

刚刚进去的一个男人走了出来，给警察鞠了个躬，说：“麻烦您跑这一趟，但是没有发生绑架啊，根本就没有的事儿。”

那个男人说话恭恭敬敬，就跟完全变了个人似的。小美想冲过去，指着他大喊一句：“你不是把我朋友拖进去了吗！”但她只敢想一想，实际上还是很害怕的。

警察说：“既然有人报警，那我们就要搜查一下。我们可以进去吗？”

男人假装思考了一下，回答说：“搜查吗？好，请进。”

他带着警察进去了。小美双手合十祈祷：“拜托拜托，一定要把致贤救出来。”

小美怎么会这么想呢？她不是和致贤闹别扭了吗？但是，同班同学被绑架了，小美怎么能够袖手旁观呢？

大约过了十分钟，警察和那个男人一起出来了，没见到致贤。

致贤呢？为什么不把致贤带出来？

这时候，一个警察说：“看来是有人恶作剧，不好意思。”

“怎么能说是恶作剧呢？是致贤真的不在里边吗？”

真是荒唐，刚刚她可是亲眼看到致贤被拖进去的。竟然说没发现致贤，到底是怎么回事啊？

男人恭敬地鞠了一躬，说：“没关系，那麻烦您了。”

警察像是想起了什么一样，突然问道：“对了，汽车在哪里？”

男人反问：“汽车？什么汽车？”

这样一看，汽车确实不见了，刚刚明明就停在家门口的，这么一会儿工夫，汽车去哪儿了？

“车牌号是 22LA 45789，不是你的车吗？”

警察这么一问，男人愣了一下。

“22LA 45789 吗？不是我的车。”

“好，知道了，谢谢配合。”

警察就这么走了，致贤的事情一点儿线索都没找到。警察走后，男人就马上露出一副邪恶的表情，环视四周。小美吓得连忙藏起来。

“被发现就完了！”

小美的心脏扑通扑通地跳，后背也吓出了冷汗。过了一会儿，大门砰的一声被关上了。小美微微探了探头，幸好门口没有人。小美两腿发软，瘫坐在地上。

“呼——”

“这么晚了，快点回家吧。”

“爸爸”又在催了。但是，小美已经听不进“爸爸”的话了，致贤明明被带进去了，警察为什么什么都没发现呢？太奇怪了。

“难道致贤已经被送到其他地方了吗？”

但谁都没从大门出来过。是还有别的门吗？坏人听到了警笛声，就赶紧把致贤转移到了其他地方？所以刚刚才那么有底气地带警察进屋？致贤到底在哪里啊？

阿尔法狗和深度学习

2016 年 3 月，人类和计算机展开了一次围棋对决。对战双方分别是韩国围棋九段棋手李世石和人工智能机器人阿尔法狗，而最后的赢家是阿尔法狗。

阿尔法狗之所以能取得胜利，关键就在于深度学习技术。让我们一起来了解一下阿尔法狗是什么，它又是凭什么在围棋比赛中获胜的吧！

深度学习是什么？

以前，要想使机器运行，人们必须亲自输入资料将规则教给机器才可以。但是，将庞大的资料和规则全部输入机器里，确实非常麻烦。在这样的背景下，“机器学习”应运而生。机器学习就是让机器可以自己读取数据，自己制定规则的技术。其中，最具代表性的便是深度学习。

人们的大脑会从庞大的数据中发现某些特定的模式和规则，以此为根据来区分事物。就像这样，将人们思考判断的过程制作成程序，让计算机能够像人类一样，这样的技术就是机器学习。有了深度学习，即使人们不输入数据，计算机也可以自动对数据进行分类和掌握。

举例来说，如果让计算机在几张动物照片中找到小猫的照片，向它下达命令的话，以前的程序就会根据照片相关的知识，也就是“尖耳、四脚的照片”这样的信息来帮你找到小猫的照片。但是，要是照片中看不到小猫的耳朵和脚怎么办？当然就会把这张照片跟其他动物归为一类，因为与既定知识不符。

但是，深度学习并不依赖于既定知识。它会自行学习，对事物的特性进行分类，并且以此为基础找到小猫的照片。就算小猫的腿只露出来三条，耳朵是折起来的，它也能很好地分辨出来。就算不告诉计算机“这

张照片就是小猫”，它也能自己分析并判断出来。

人脸识别程序“深度面容”

全球最大的社交平台之一脸书（Facebook）开发的“深度面容”就是一项应用了深度学习的人脸识别技术。将鼠标光标放在照片上，就会出现那个人的名字，非常准确，可以达到与人眼判断相似的水平。即使只上传侧脸，也可以轻松判断出这个人是谁。

向人工智能医生发起挑战的沃森

全球最大的计算机企业 IBM 开发的“沃森”是能够听懂人类的问题并能做出相应回答的人工智能计算机。

2011 年 2 月，沃森参加了美国的一档问答节目，打败了所有的问答达人，夺得冠军，一举成名。沃森可以听懂人类语言，分析各个词汇之间的关系，并且做出回答。另外，沃森从 2014 年开始就在世界一流的癌症医院进行学习，利用患者的数据和各种医疗数据来帮助医生发现癌症症状，并且帮助医生制订最佳治疗方案。据说，

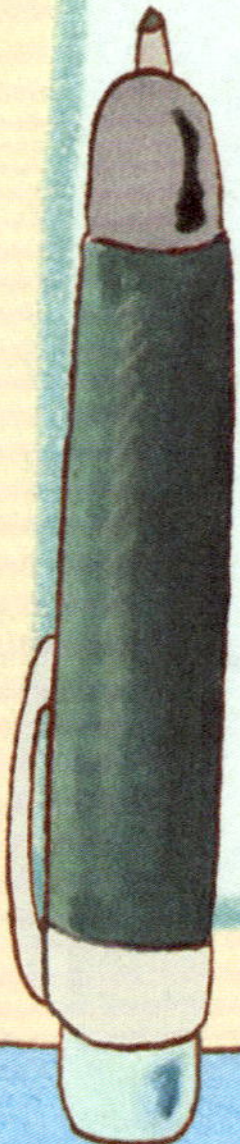

现在沃森的水平可以比肩相关领域的专家医生。

又快又准的机器人记者

2018年韩国平昌冬奥会期间，人工智能程序，也就是机器人记者“冬奥机器人”引发了热烈反响。它会将每天的比赛结果发布到互联网上，比真人记者更快，更准确。这是因为收集数据、撰写报道、修改整理、发布新闻等所有的步骤都由它自动完成。

不光体育，在其他各个领域当中，机器人记者均有广泛应用。发生地震之后，“地震机器人”会自动撰写并发布新闻，还有分享各种经济新闻的“新闻机器人”。美国的机器人记者（Heliograf），曾在一年的时间里，写出了850篇报道，涉及体育、政治、社会等各领域。

什么都是小菜一碟的“人工智能秘书”

“Genie，帮我找一本好玩儿的漫画。”

“Bixby，今天天气怎么样？”

“Siri，帮我定一个早晨 6 点的闹钟。”

Genie、Bixby、Siri 都是人工智能秘书的名字。只要把需求说出来，就可以与它们对话，还可以让它们帮你查询需要的信息、打电话、发短信、规划日程。另外，人工智能秘书还可以根据主人的心情做出合适的回答。

这个时候，理解人类语言的技术就显得尤为重要。目前看来，虽然人工智能技术还不能完美地理解人类语言，偶尔也会回答得驴唇不对马嘴，但总有一天，它会发展到能和人类谈笑风生。

另外，理解人类语言这项技术在自动翻译领域也获得了很大的发展。自动对句子的整体信息进行学习，并且把握文脉，从而给出更加准确且自然的翻译。未来，有了人工智能翻译器，和外国人交流就会变得非常方便。

Nice to meet you!
（见到你很高兴！）
Me too!
（我也是！）
总有一天，连狗狗的话也能……

4:30

第 4 章

把致贤找回来！

小美觉得这个院子肯定有后门，她沿着外墙走了一圈，发现院子比她想象的大多了，但是并没看到后门。这样的话，致贤就肯定还在里面。

就在这时，小美听到院子前面有一辆汽车停了下来。小美紧紧地贴着围墙，偷偷地往那边瞅，那辆车看起来超级贵。刚刚那个男人着急忙慌地跑了出来。司机先下了车，打开后车门，一个 60 多岁的爷爷从车里出来。从家里出来的那个男人连忙鞠躬问好："董事长！"

"董事长？就是这个人指使他们绑架致贤的吗？"

小美用手机里的静音相机照下了董事长的脸，那个董事长边往院子里走，边发火："听说警察来过？你们是怎么办事的？"

那个男人马上90度鞠躬道歉："对不起。"

小美看着自己用手机拍下的董事长照片，小声问"爸爸"："'爸爸'，你知道这是谁吗？"

"爸爸"可以进行人脸识别和比较，通过分析就能认出照片里的人是谁。比如，如果小美说"找出我的自拍照"，"爸爸"就会把储存在手机里的小美的自拍照找出来。它也可以从照片中分辨出小猫、小狗，甚至可以区分桌椅、汽车等物件。另外，如果拍了张照片，去问"爸爸"照片里的是什么，它也会在互联网上检索照片数据，并将结果传送给小美。这样的话，这个董事长如果出现在报纸或新闻中，或者在门户网站有他的个人资料，"爸爸"就能知道他是谁。

"我看看。"

"爸爸"读取了小美拍的那张照片，并且到门户网站上跟很多照片做了比较。三秒后，"爸爸"找到了这个人。

"未来产业董事长，查片范。"

“未来产业？”

“爸爸”马上就把“未来产业”的检索结果告诉了小美。

“未来产业是一家从事武器制造和交易的企业。五年前，董事长查片范因从事非法武器交易，曾被判处两年有期徒刑。”

“他是从监狱出来的？”

要不怎么看一眼都害怕呢。旁边站着的男人都像是黑帮的，一看就知道他们是坏人。但是，那些人为什么绑架了致贤呢？小美吓得出了一身冷汗。

“致贤可怎么办啊。”

都不知道那些坏蛋会对致贤做些什么。得快点儿找到致贤，把他救出来。小美站上围墙旁的一个大石头上，朝院子里看去。正好看到那个董事长推开玄关门，他问那个男人：“孩子呢？”

男人回答：“孩子好好的，您放心。”

小美竖起了耳朵，孩子好好的，这就是说致贤还在他们手里，那刚刚警察来的时候，他们肯定把致贤藏起来了，但到底藏在哪里了呢？

就在这时，“爸爸”下了最后通牒。

“小美，现在该回家了，不然的话我只能把这件事告诉妈妈。”

那妈妈肯定会第一时间打来电话，让小美立马回家。小美非常苦恼。

“要不就这么回家？”

或许，回家对小美来说是最明智的选择。毕竟她也报警了，自己能做的也都做了。再说，连警察都找不到，小美又怎么能那么轻易地找到呢？

“可是致贤怎么办呢？”

因为上次的事情，两个人的关系变得很别扭，但再怎么说，致贤也是自己的同班同学，朋友面临危险，自己能就这么走掉吗？谁知道那些坏蛋会对他做些什么。

小美想起二年级时发生的事情。那时小美非常内向，没有几个朋友，虽然现在也是这样。当时，班里最受欢迎也最强势的女孩子是李珠妍。班里的女生都听李珠妍的，如果李珠妍不喜欢某个同学，那个同学就会被孤立。小美就是其中一个。

有一天，小美走过一条通往补习班的巷子，发现一群五年级的姐姐正在教训珠妍，那些姐姐在学校是出了名的可怕。珠妍恰好看到了小美，她的眼神仿佛是在哀求小美过去救救她。但是小美把头歪向一边，假装没看到，走了过去。

回家之后，小美一直都在想这件事，但她转念一想：“那些姐姐那么可怕，我又能做些什么呢？”

但是第二天，珠妍没有来学校。班主任说珠妍生病了，今天请假，于是小美的眼前又浮现出昨天珠妍无助的眼神。

“是不是因为昨天被姐姐们打的呢？”

小美开始后悔自己昨天没去帮珠妍。晚上，小美告诉了爸爸这件事。这里的爸爸是真的爸爸。那个时候爸爸还活着。爸爸听完之后，这样说道：“是啊，你肯定也很害怕，要是被那些姐姐盯上，可能会和珠妍一起被欺负。但是，朋友面临危险，你却选择视而不见，这多少有点儿说不过去。从现在开始，你要勇敢一点儿。”

是的。小美想了一下，也不是没有别的方法。她可以大喊一声“珠妍！”来分散姐姐们的注意力，这样珠妍就可以逃跑了。也可以给老师或者珠妍家人打电话，告诉他们珠妍现在很危险。但是小美什么都没做。她觉得很丢脸，这样的自己就像个傻瓜。

三天之后，珠妍回到了学校，她的话变得很少，也不和同学们一起玩了。听小道消息说，五年级的姐姐们恐吓珠妍，让她不要太嚣张。之后，珠妍的处境就变得很糟糕。虽然她不再找小美的麻烦，但是小美一直因为这件事而愧疚。

想一想，现在的状况也是这样。小美需要做出选择：是离开，还是留下来找到致贤。

小美问“爸爸”：“‘爸爸’，如果朋友遇到危险状况，我该怎么办？”

“爸爸”回答：“当然是帮助他。”

就知道是这样，“爸爸”只会说大道理。

“我现在就在帮我的朋友，希望你能帮帮我。”

“爸爸”回答：“我永远都会帮你的。”

“爸爸”不知道小美将要做一件多危险的事情。因为它现在还不能了解到小美脑子里在想什么。“爸爸”只能接收小美说出和输入的信息，以及通过各种传感器输入的信息，并且根据这些做出判断。小美曾经抱怨“爸爸”不理解自己，但现在看来，幸亏“爸爸”不知道自己在想什么。

小美制订了一个计划。

首先，进入院子；然后，确认一下致贤在不在里边；最后，报警。这个过程，最重要的就是不要被坏人发现。

小美站到那块大石头上，朝院子里看去，幸好院墙下面有一个高高的花坛。跳下去的时候小心一点儿就行了。小美看到院子里没有人，迅速翻过围墙，然后飞快地跑到大大的窗户下。她的心扑通扑通地跳，出了一身的冷汗。

她想缓一缓。这时，她听到屋里有人说话："董事长，电话接通了。"

紧接着，查片范大声喊道："嗨，刘博士，我听说您有个非常可爱的儿子，哈哈哈。"

查片范接着说："这件事对我们都有好处，哈哈哈。让警察知道的话，您的孩子就危险了，这您知道吧？那我就等您的消息了。"

小美突然想起致贤每天都在炫耀时说的话："我爸爸是有名的机器人工程师，刘名人博士。"

那么查片范绑架了致贤，是为了威胁他爸爸，也就是刘博士。查片范挂掉电话之后，向他的手下命令道："这里已经被警察发现了，不安全，得赶紧转移到利川的别墅。准备准备吧。"

大事不妙，要是坏人把致贤带到别的地方，那小美就没有办法跟着去了。

“要赶紧告诉致贤的爸爸。”

让他在致贤被带走之前，快点来救他。为了不被人发现，小美走到后院里，跟“爸爸”说：“帮我找一下机器人工程师刘名人博士的联系方式。”

“爸爸”一下子就从门户网站上找到了刘博士的联系方式。

“找到了他研究所的电话号码，要打过去吗？”

“嗯。”

“爸爸”马上就拨通了电话，一个女人接了电话，声音有些慌忙：“喂？”

“是刘名人博士所在的研究所吗？”

“是的，但是，现在这里有些忙……”

大概是因为致贤的事情，研究所里的人都手忙脚乱。那个女人刚要挂电话，小美连忙说：“我知道致贤在哪里。”

“什么？真的吗？你是谁？你怎么知道的？”女人惊讶地问道。

“我是致贤的同班同学韩小美。我看到有人绑架了致贤，就跟着来了。”

“是吗？等会儿，等会儿，刘博士，刘博士！”

慌忙之中，刘博士接起了电话。

“你真的知道致贤在哪里吗？”

“对，现在查片范和他的手下把致贤关了起来。地址是三幕路 11–4 号。”

“谢谢，真谢谢你！”

“快点儿，快点儿来，查片范现在要把致贤带到别的地方去。”

“知道了，我这就过去，马上就到。”

查片范的电话就像一道晴天霹雳，刘博士急得跺脚，不知所措。刘博士是世界一流的机器人工程师。查片范为了制造人工智能武器，一直想拉拢刘博士入伙。他承诺会给刘博士一笔巨额研究经费，但刘博士认为这样做可能会让人类陷入危险境地，便断然拒绝了。所以，他们才绑架了致贤，以此胁迫刘博士。

报警的话，致贤就会更加危险，但也不能因此就答应查片范的要求。正当刘博士急得不知所措的时候，小美打来了电话。

小美刚把电话挂掉，就听到前院里有人打电话。

“刚刚那个车牌号被警察注意到了，快点儿换个别的来，快点儿，董事长非常生气。”

看来他们又要再换一个假车牌。小美越来越着急。

“刘博士来之前，他们把致贤带到别的地方怎么办？”

不能再这么等着了。必须找到致贤。可是致贤到底在哪里啊？

“警察把整个院子翻了个遍都没找到，那就不在屋里，而是被藏到了其他地方！”

这时，小美看到屋后有一小段楼梯，像是能够通往地下。

“难道在那里？”

光看这栋房子，不像是有地下室的样子。但为什么有楼梯？实在可疑。小美虽然非常害怕，但还是小心地顺着楼梯往下走。楼梯的下面有一个小门。小美轻轻地转动门把手。

门开了！

幸好门没锁。小美轻轻地推开门，走了进去。地下室没有窗户，黑漆漆的。

“好黑啊。”

小美的话音刚落，“爸爸”忽然打开了手机的手电筒。

“谢谢你，‘爸爸’。”

小美站在门前往里看，前面是一条又窄又长的走廊。走廊尽头有道微弱的光。小美觉得这里好像有鬼一样，不禁浑身发抖。但是，她还是攥起拳头，蹑手蹑脚地朝前走去。走到尽头她发现右边角落有一个小空间，两边共有四个房间，光是从最里面的那个房间透出来的。

“在那里！”

致贤好像在那个房间里。小美遮住手电筒，小心地靠近那间房间。走到门前，她蹲了下来，把耳朵贴到门上，想听听里面的声音，但没听到任何声音。小美慢慢起身，透过房门上面的小窗户往里看。

“是致贤！”

未来的人工智能

在《钢铁侠》这部电影中，主人公托尼·史塔克穿着发生故障的钢铁侠战衣从空中坠落。电力不足的贾维斯进入了省电模式，对托尼说："我得休息一下了。"托尼马上大喊："贾维斯！喂！不要丢下我！"因为对他来说，贾维斯就像一个永远都能在一起的朋友一样。

未来的人工智能将会有怎样的发展呢？人工智能真的会完美地理解人类的感情吗？

"弱人工智能"和"强人工智能"

人工智能可以分为"弱人工智能"和"强人工智能"。弱人工智能只能解决某些特定领域的问题，比如根据语音理解语意，或者从动物照片中找出小猫的照片，等等。阿尔法狗和人工智能秘书都属于弱人工智能。

强人工智能是指不管面对什么问题，都能一一解决的技术。电影《钢铁侠》中的贾维斯，还有《终结者》里的天网都是可达到人类智能水平的强人工智能程序。

人工智能可以理解人类的感情吗？

理解人类感情的技术被称作情感认知技术。只有将各种传感技术、深度学习技术，还有处理庞大数据的技术完美地融合起来，才可能开发出这项技术。

比如，人们如果生气，脸色就会发红，表情也会变得僵硬，会做出过激行为，说话时语调起伏更加明显，声音也会变大，等等。要利用传感器感知这些变化，并

将其转化为计算机可以理解的信号。另外，要对人们生气时出现的生理上和行为上的变化进行深度学习，从而判断出感知到的情绪是什么情绪。最后，需要一项技术，来找到符合人类当下情绪的语言或者行为，并表现出来。只有将这些技术完美地融合起来，才可以开发出能够理解人类感情的人工智能程序。

现在，许多技术可以根据视频或者语音，以及血液、脉搏等生理信号来判断人类的情绪和心理状态。

通过视频进行人脸识别，给手机解锁的功能已经实现广泛的应用，根据声音起伏和长幼尊卑的语气等判断情绪状态的语音识别技术也已经出现。另外，利用生理信号感知脸部表情和行为所体现出来的情绪，同时对内心情绪进行判断的技术也正在研究当中。

将这样的技术应用到汽车上，就可以通过相机和传感器来分析驾驶人员的情绪，并以此为基础，播放符合驾驶者心情的音乐，或者为他调整灯光或温度等。当驾驶者犯困时，还可以提醒他停车休息。

美国人工智能工程师、未来学家雷·库兹韦

尔曾预言，到 2045 年，人工智能会拥有和人类同等的能力和智慧。到那时，人工智能能够完美地理解人类的感情吗？

5:30
嘎吱

第5章

梦幻般的营救大作战

致贤坐在椅子上，幸好没有被绑起来。正前方有一个男人在监视着致贤，好像是刚刚把致贤带走的那个人。

“现在该怎么办？”

坏人动也不动地看着致贤，怎么才能把致贤救出来呢？小美决定让“爸爸”帮自己一把。“爸爸”本来就特别擅长找出正确答案。小美小声地问“爸爸”：“‘爸爸’，致贤被人抓到这里来了，有一个坏蛋正在守着他，我该怎么办？你帮我想个好方法吧。”

“等一下。”

“爸爸”立马就从各种侦探小说和百科辞典当中找到了关押犯人和解救人质的方法，并且从当中挑选出最合适的方法告诉小美：“首先要吸引绑架犯的注意。”

也就是说，要把这个坏蛋引到外面去。但是用什么方式呢？

“大喊一声？”

没错，突然大喊一声的话，坏蛋就会出来看看到底发生了什么事。但是，然后呢？小美看了看四周，走廊尽头的角落里有一小段楼梯，应该是通往一楼的。

“要不我藏在楼梯下边？”

楼梯下面黑漆漆的，看不清有什么，但是，被逮到的概率也很大。这样的话，别说解救致贤了，连自己也会被

抓起来。小美陷入苦恼，她又倚着门坐在了地上。这时，她看到了对面房间的门闩，突然蹦出了一个好点子。

“对了！把坏蛋引到对面房间，然后再插上门闩就行了！”

把坏蛋锁在屋里，再带着致贤逃跑，真是个天衣无缝的计划。

“用什么声音把他喊出来呢？”

小美想起刚刚走过这条黑漆漆的走廊时，很害怕突然出来鬼，于是，小美问“爸爸”：“‘爸爸’，你会学鬼叫吗？”

“当然会了。”

果然，没有什么是“爸爸”不会的。小美悄悄站起来，走进了对面的那间屋子。里面堆得乱七八糟，像是个仓库。小美走到最里面的架子前，将手机藏到上面，对“爸爸”说：“‘爸爸’，你现在学鬼叫，我不让你停你就不要停。”

“知道了。”

小美的话音一落，“爸爸”就在网上查找各种鬼叫的声音。

“咦——啊哦——”

蓝牙耳机里传来了鬼叫声。小美连忙跑到黑黑的楼梯下面藏起来，断开了蓝牙耳机的连接。这样一来，鬼叫声就从手机里传了出来。乌黑的地下室里，鬼叫声此起彼伏。小美听了也有些害怕，她觉得鬼马上就要从手机里出来了一样。小美屏住呼吸，等着房门被打开。过了一会儿，有人推开了房门。

男人伸出头来，看了看走廊。

“这是什么声音？”

“爸爸”还在卖力地模仿鬼叫。

“咦——啊哦——”

男人有些害怕，朝仓库那边看去。

“什么啊……”

“进去啊，快点儿进去啊。”

小美就像在念咒语一样。男人犹豫着往前挪动，轻轻推开仓库门，走了进去。

“谁？谁在里面？”

“咦——啊呜——”

没有人回答，只能听见不断发出的瘆人的声音，男人吓得浑身发抖，自言自语道：“难道是鬼吗？”

“再走进去一些，再走进去一些。”

小美又等了等。男人摸索着墙壁，想打开仓库里的灯，他慢慢地走到了仓库里面。

“就是现在！”

小美蹑手蹑脚地走了过去，然后迅速把门关上。

哐！

“妈呀！”

男人吓得大喊。小美的手一直抖个不停，但她顾不上害怕，用尽了全身力气把门闩插得紧紧的。

唰！当！

锁门声在地下室扩散开来。成功了！

男人吓得魂飞魄散，用力地敲着门，急得大喊：“啊！什么啊！开门！快开门！”

小美重新连上了蓝牙耳机。鬼叫声又从蓝牙耳机里传出来。小美说：“‘爸爸’，可以了，可以停了。”

“爸爸”听到小美的话后便立即停止了。没时间了，快点儿把致贤救出来才可以。小美迅速冲进关着致贤的那个屋里。

“致贤，快出来！”

致贤吓了一跳，喊道：“小美！”

男人用力地敲门，大喊：“到底是谁？快点儿把门给我打开！”

小美着急地向致贤招手，说：“干什么呢！快点出来啊！我们得赶紧逃跑才行！”

“啊，好！”

致贤飞快背起书包，跑了出去，他听到被关在仓库里的男人在给别人打电话。

“快点儿下来。”

大事不妙。没时间了。小美边跑边喊：“这边，跟上我！”

致贤跟着小美往前跑。小美想起

来，自己把“爸爸”留在仓库里了，心里有些过意不去。但没关系，“爸爸”是程序，只要再装一次就好了，反正家里的电脑里也有“爸爸”，只是觉得那部新手机有些可惜。小美边跑边喊：“‘爸爸’，谢谢你！”

“爸爸”也说：“我也谢谢你。”

眼泪就要流出来了，小美硬生生地憋了回去。现在没时间哭，要在坏人来之前赶紧逃出去。小美和致贤打开地下室的门，顺着楼梯来到了后院。

就在这时。

“喂！站住！”

两个男人看到小美和致贤之后跑了过来。小美边翻墙边喊：“致贤，快翻过去。”

但是后院没有花坛，墙也特别高。小美好不容易爬到墙头，却被男人一把扯了下来。

“看你往哪儿跑！”

另一个男人抓住了致贤的脚腕儿，致贤用力蹬腿，想挣开男人的手。

“放开我！”

但是，小孩子的力气怎么也比不过大人。最终，两

个人都被抓了起来。男人拽着小美说：“原来就是你报的警啊！”

小美不说话，喘着粗气，她的眼睛直勾勾地瞪着男人。男人被看得发毛了，说：“看什么看?！你还真是大胆，给我老实点儿！”

小美紧紧攥着拳头，她想立马给这个男人一拳，但自己被紧紧地抓着，手一点儿也使不上劲儿。而且，说实话，小美也很害怕。

“现在怎么办呢？”

小美和致贤被带到前院。查片范站在那里，他的脸气得通红，大声吼道：“这两个小家伙真是不让人省心，快点儿把他们带走！”

“是。”

门口有一辆汽车在等着，难道就这么被抓走了吗？不会的，要在刘博士来之前尽可能地拖延时间。小美站着不动，说：“等一会儿，先等一会儿。”

查片范露出疑问的表情，转头问抓着小美的男人：“怎么了？”

小美给致贤使了个眼色。

“我肚子疼，能不能让我先去一下厕所。”

“我也是，我也想去厕所。”

抓着小美的那个男人露出狰狞的表情，说：“你们这两个小家伙，真是搞笑，你以为我不知道你们想逃跑吗？”

抓着致贤的那个男人也吓唬他们说：“就是，现在这些孩子都不知道什么叫害怕。”

查片范催促道：“干什么呢？快上车！”

“是！”

男人们将小美和致贤塞到车里。拖延计策没有成功。

“刘博士，快点儿来吧！快点儿！”

说马上到的，怎么还没来。就这么被带走的话，兴许再也回不了家了。小美现在才开始后悔。

“我是不是该听‘爸爸’的话，早点儿回家的？”

被小美关进仓库的那个男的坐在了副驾驶位置，恶狠狠地对小美说：“是你干的吧！找死吗？”

那个男的凶相毕露，厚厚的拳头逼近小美，小美的眼泪一滴滴流出来。致贤小声呜咽着说：“小美，对不起，都是因为我，你才被抓来的。”

小美连忙小声告诉他：“没关系，不要担心，你爸爸说马上就来救我们。”

“真的吗？”

被关在仓库里的那个男人大声吼道：“吵死了！闭嘴！”

小美冲致贤点点头。话虽然这么说，但是车子一启动，小美就在心里想着，这下完了。

“拜托！救救我们吧！”

车子跑上了一条宽阔的大路，跑着跑着突然来了个急刹车。往外一看，原来是一辆警车挡在了前面。小美和致贤紧张的神情瞬间缓和，相视一笑。

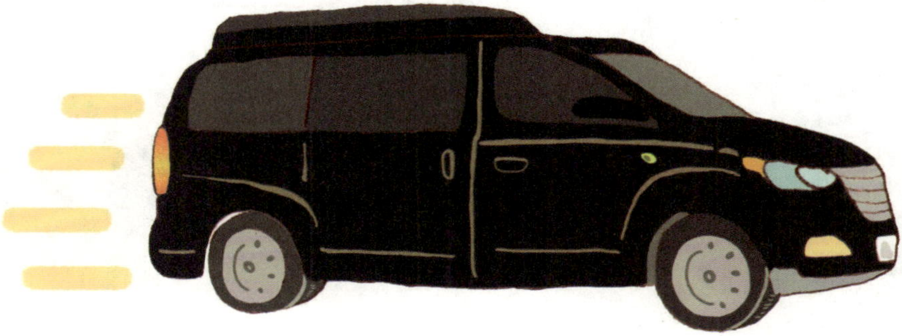

“有救了！”

肯定是刘博士报的警。被关在仓库里的男人对着司机大喊：“倒车，快！”

司机连忙后退，但又是一个急刹车。

往后一看，发现一辆汽车堵在后面。因为这是单行车道，所以他们进退两难。那个男人打开窗户对着后面的那辆车大喊：“把车开走！”

但是，那辆汽车一动不动。不过，那辆车好像在哪里见过。

“是妈妈的车！”

小美定睛一看，发现坐在驾驶座上紧紧握着方向盘的真的是自己的妈妈。

“妈妈为什么会出现？”

小美明明联系的是刘博士，来的人怎么会是妈妈呢？

警察包围了这辆汽车，举着枪大喊：“赶紧下车！”

男人们双手抱头，从车里走了下来。小美和致贤也在警察的帮助下安全地下了车。小美想起了查片范。

“查片范就在那个院子里，得把他也抓起来。”

警察叔叔说：“已经有警察去那里了，不要担心。”

这时，妈妈慌忙从车里下来。

“小美！”

“妈妈！”

妈妈抱着小美，看看这里，摸摸那里，问道：“没关

系吧？没受伤吧？”

“嗯，没有。”

“致贤也没事吧？”

“我没事，阿姨。”

妈妈这才长舒一口气。

“呼，幸好，幸好没事。”

“但是，妈妈，你怎么会在这里……”

听到小美这么问，妈妈立马变了脸色。

“什么我怎么在这儿！当然是‘爸爸’告诉我你有危

险我才来的。”

小美这才想起来，小美如果遇到危险状况，“爸爸”就会把和小美的对话，还有所处位置等所有信息全部发送给妈妈。刚刚，“爸爸”说如果不马上回家的话，只能把所有的事情都告诉妈妈，大概就是那个时候吧。妈妈看到后立马报了警，为了救小美，自己也来了。

“妈妈，对不起。”

妈妈的气还没消。“遇到这种事情，要报警啊，为什么跟着来？为什么做这么危险的事情？”

“我错了，要是不跟过去，我担心警察找不到致贤……”

被批评是理所应当的。要是妈妈不来的话，后果不堪设想。别说救出致贤了，两个人都可能发生意外。

“你真是让我……”妈妈哽咽着说。

一想到妈妈接到“爸爸”的短信之后有多焦急，多担心，小美就觉得非常愧疚。

就在这时……

“致贤！”

回头一看，一个和致贤长得几乎一模一样的叔叔跑了过来，致贤迎上去，抱住他大喊：“爸爸！”

“没事吧？受伤了吗？”

“没有，是小美救了我。”

刘博士连忙对小美说：“小美啊，谢谢你，真的太谢谢你了。”

刘博士接过小美的电话之后立马报了警。但警察说小美的妈妈刚刚报警，已经有警察赶往那里了。如果妈妈没有先报警的话，那警察来得就不会这么快。“爸爸”及时把危险状况告诉了妈妈，小美和致贤才能及时脱险。

刘博士也向小美妈妈道了谢！

“谢谢！真是不知道该怎么报答你们，真的太感谢了！”

致贤也道了谢：“小美，谢谢你，多亏你救了我。也谢谢阿姨！”

这时，查片范戴着手铐被警察带了出来，刘博士怒吼道：“早就看出你心术不正！我永远不会原谅你的！”

查片范什么话也没说，被警察带上了警车。

致贤脱离危险，坏人也被一锅端，小美和“爸爸”合力展开的营救行动圆满成功。

人工智能的必由之路

电影《终结者》中出现的天网，本是人类为了满足自身需要而开发的人工智能程序。但是，深度学习技术令它变得比人类更加优秀，人类便开始对其加以阻止。结果，天网将人类视作敌人，开始攻击人类。也就是说，它变成一个可以自主思考、判断，甚至会背叛人类的可怕的机器人。这一天真的会到来吗？未来的人工智能会带给我们什么问题呢？怎样才能防止这些问题出现呢？

人工智能时代的问题

美国科幻小说家艾萨克·阿西莫夫在作品中提出了机器人应遵守的三项原则：

第一，机器人不能伤害人类，不能对身处险境的人类视而不见。

第二，在不违背第一条原则的前提下，机器人应该服从人类命令。

第三，在不违背第一、第二条原则的前提下，机器人应该保护好自己。

但是，在电影当中，经常会有机器人违背这三项原则。正因如此，机器人让我们的生活变得更加便利的同时，也让我们不得不担忧它会在何时以何种方式危害人类。

人工智能时代的另一个问题就是就业问题。很多人担心，在不久的将来，人类一半的工作岗位或许会被人工智能抢走。

以前，在工厂组装零件这项工作是由人类完成的，但后来慢慢地被机器人代替了。另外，超市里也引入了人工智能系统，收银员的数量在慢慢减少。不仅如此，如果像沃森一样的人工智能程序可以诊断病情，治疗病人的话，那么医生也会慢慢失去工作。或许，能够解决错综复杂的法律问题的律师，也会被通过深度学习技术将数十万卷的法律典籍、案件卷宗熟记于心的人工智能律师抢走饭碗。另外，新闻的撰写也会被机器人记者接手。万一真变成这样的话，应该会出大问题的吧？为了防止这些问题的出现，我们可以做些什么呢？

人工智能原则

我们能否阻止人工智能危害人类，取决于我们有多了解人工智能，并准备如何应对。世界一流的科学家和工程师当中，有人认为人工智能的发展可能会给世界带来各种危害，也有人对此持否定意见。

但是，所有人都认为要想消除人工智能的危害，人类就必须自觉遵守道德伦理这个底线。不管开发怎样的人工智能，都要时刻反省相关技术会不会对人类产生危害。

2017 年，世界顶级天体物理学家斯蒂芬·霍金博士与人工智能开发企业的 CEO，研究人工智能、机器人工程的学者们共同发布了未来人工智能研究的 23 条原则。其中包括要研究有益于人类的人工智能，不可为了研究致命的人工智能武器而互相竞争，比人类更聪明的“超智能”需要以人类的利益为出发点进行开发。

2019 年 5 月，经济合作与发展组织（OECD）通过了《OECD 人工智能理事会建议案》，其中包括人工智能该追求什么，应该采取安全措施以防止人工智能危害人类等。

如果制订好人工智能的开发原则，并且所有人都努力遵守这些原则，人工智能危害人类的那可怕的一天就不会到来。

6:30

第6章

小美的梦想

致贤问爸爸怎么会发生这种事，刘博士就把事情的来龙去脉讲了一遍。小美妈妈听完之后说：“这些人怎么这么坏！”

妈妈严肃地对小美说：“帮助朋友是对的，但是，你自己去做这件事还是太危险了，要是‘爸爸’没告诉我当时的状况怎么办？”

刘博士睁大眼睛，说：“你爸爸也跟你一起来了吗？”

小美的妈妈笑着说：“是的，不，不是真的爸爸，哈哈哈。”

致贤疑惑地问道："不是真的爸爸？那是……"

小美回答说："'爸爸'是人工智能保姆，我爸爸亲自开发的。"

小美详细地解释了自己是如何跟"爸爸"一起救出致贤的，也说了妈妈是怎么找到这里来的。

致贤听了非常吃惊："哇，原来还有这么酷的程序啊！"

说实话，如果没有"爸爸"的帮助，小美什么也做不了。而且，救了小美的也是"爸爸"。小美很感谢"爸爸"，也以有这样的"爸爸"为傲。

一直默默倾听的刘博士小心翼翼地问道："啊，你是不是叫韩小美？你爸爸是不是韩志星博士？"

"是，没错！您认识我爸爸？"

"当然了，他可是我们国家最厉害的人工智能工程师。"

小美觉得很骄傲。其实，每当致贤向同学们炫耀爸爸的时候，小美总是很沮丧，因为她想起了去世的爸爸。但是刘名人博士竟然认识自己的爸爸。小美可能不知道，爸爸在人工智能领域是数一数二的工程师。

"你能给我看看那个叫'爸爸'的程序吗？"

致贤这么一问，小美才猛地想起来，她大喊道："对了，'爸爸'！'爸爸'还在地下室呢！"

小美和妈妈，还有致贤和刘博士，一起走进查片范的家，想拿回"爸爸"。地下室里灯火通明，警察正在搜查。小美边往仓库走，边喊："'爸爸'！"

"我在这里，小美！"

"爸爸"一回答，致贤就睁大了眼睛，说："好像真的爸爸啊，真神奇！"

"爸爸"还在那个架子上。致贤看到爸爸的3D图像后，说："连脸都可以看见呢！"

"是照着我爸爸的脸做的，声音也跟我爸爸的一模一样。"

小美对"爸爸"说："'爸爸'，谢谢你。多亏你，我和致贤才能得救。"

"爸爸"说："别客气，保护你是我的任务。"

刘博士连连赞叹："真是个厉害的程序。我早就听说过韩博士的大名，但不知道他竟然能制作出这么优秀的程序。"

妈妈的神情有些悲伤。

“他除了研究什么都不知道。但这个项目没完成他就走了，现在想想还是心痛。”

刘博士点点头，说：“是啊……确实太可惜了。要是韩博士还在，他肯定能开发出世界上最棒的人工智能程序。”

听了这句话，小美开始想念自己的爸爸。但是，没关系，爸爸把“爸爸”留下来了，而“爸爸”会一直照顾自己，帮助自己的。

“我想进一步了解一下这款程序，你改天能不能到我的研究所找我玩呢？”

有名的机器人工程师刘博士想了解“爸爸”，这有什么好拒绝的。

小美第一次报警时出警的警察走了过来。

“通往地下室的楼梯被书柜挡住了，我当时没看见，应该好好翻一翻后院的，不好意思。”

警察说，多亏小美，这个案件才能顺利结束，没有发生大的损失，并且表扬小美勇敢聪明。就这样，致贤的绑架事件结束了。

周末的时候，小美和妈妈一起去了刘博士的研究所。

“快进来，小美。”

致贤也在场。两个人的关系原本有些尴尬，但经过这件事情以后，两人亲密了不少。小美高兴地跟他打招呼。

“谢谢你邀请我们来。”

刘博士向小美展示了自己研究的几种机器人，研究所被机器人填得满满当当。

“要想开发出可以像人类一样行走的机器人需要什么呢？”

“嗯……和骨头相似的材料？”致贤弱弱地答道。

“没错，需要用到与人类骨头和肌肉，还有神经或皮肤等相同性质的新材料。也要研究人类的动作，制造机械装置。”

竟然还有这种新材料。小美非常惊讶，认真地听了刘博士的讲解。

“但是，机器自己无法行动。因此，要想制造一个像人类一样思考行动的机器人，就需要像人类大脑一样的程序。这就是人工智能程序。

小美问道："如果把'爸爸'装进机器人里，机器人就会变得和真人一样吗？"

"有这个可能，'爸爸'是非常厉害的程序。再改进一下的话，即使做不到像真人一样，但跟人类水平差不多是绝对有可能的。只要做到这一点，世界上最棒的人工智能机器人就诞生了。

小美不知道"爸爸"竟然是这么厉害的程序。她以为"爸爸"每天都只会唠叨个不停，是个没用的程序。

"可是，'爸爸'现在还不能理解人的内心。我爸爸想开发这个功能，但是没有成功。"

致贤插进来说："那你来做不就行了。就像你爸爸一样，成为一个人工智能工程师，然后做出一个可以理解人类内心的程序。"

致贤的话来得突然，小美有些惊讶，她反问道："我？人工智能工程师？"

"对啊，我做机器人，你做程序，我们一起开发出最厉害的人工智能机器人！"

刘博士附和着说："这个想法真不错！"

人工智能工程师，小美从来没把它当作梦想。

小美回到家，问“爸爸”：“‘爸爸’，我能成为人工智能工程师吗？”

爸爸回答：“当然了，你可以的，你可是我的女儿。”

就像真的爸爸回答的一样。

“谢谢你，‘爸爸’，我爱你。”

小美是第一次说这样的话。“爸爸”马上回应：“我也爱你，这是爸爸留给你的话。”

“话？什么话？”

小美满脸疑惑，“爸爸”便开始播放一段视频。

“小美啊，是爸爸！”

是真的爸爸，这是他躺在医院病床上的时候拍的。

“爸爸！”

小美的眼泪哗哗地流了下来。

“小美，我想永远陪在你身边，但是现在看来，好像有点儿困难了，对不起。”

这是爸爸留给小美的最后一段话。

“但是你要记住，爸爸是非常非常爱你的。有了你，我真的觉得很幸福。‘爸爸’是我为你写的一个程序。所以，要是我不在了，你也不要难过，有‘爸爸’陪着你，你要坚强，要快乐。知道吗？我爱你。”

小美的眼泪止不住地流。这是爸爸去世之前用尽最后一点儿力气留下的一段话。只要小美说“我爱你”，就会自动播放这段视频。

“爸爸，爸爸！呜呜呜——”

小美号啕大哭，一遍又一遍地喊着爸爸。妈妈吓得连忙跑了过来。

“怎么了？你哭什么？”

“爸爸给我留了一段视频。”

“视频？什么视频？”

小美又说了一句“爸爸，我爱你”，爸爸留给小美的视频再一次出现在屏幕上，妈妈也悄悄地流下了眼泪。

小美曾经也埋怨过爸爸，因为他只给自己留下了一个唠叨鬼“爸爸”就走了。明知道爸爸是为了自己才开发了“爸爸”，小美也并不珍惜它，只觉得它是个很麻烦，让人心烦的程序，甚至还希望要是没有它就好了。

就在昨天，小美才知道，“爸爸”是个多么重要的程序，幸亏这还不算晚。小美想起致贤的话，她想开发出更加厉害的程序。

“爸爸，我也要成为像你一样的人工智能工程师，你没实现的梦想，我来帮你实现。”小美擦了擦眼泪，在心里坚定地说。

要想成为人工智能工程师

有很多人想成为人工智能工程师，从而研发出像阿尔法狗一样优秀的程序。让我们一起来了解一下人工智能工程师具体会做哪些事情，要想成为人工智能工程师需要做什么努力吧！

人工智能工程师的工作

人工智能是让计算机像人类一样思考、学习、判断、行动的程序。不光是计算机或机器人，在洗衣机、冰箱等电器当中，汽车或飞机等交通工具上，工厂或医院里，几乎没有什么地方不使用人工智能。未来，人工智能会得到更广泛的应用。

人工智能工程师会为各种机器撰写人工智能程序。拿智能空调来说，智能空调会理解人类语言，自动调节温度、湿度，并只在有人的地方制冷。要想做到这些，首先就需要开发声音识别程序，利用传感器测量温度、湿度的程序，并基于此，开发出自动开关的程序，为人们提供适宜的温湿度。另外，也要开发出调整风向的程序，以便利用相机找到有人的地方。像这样，人工智能工程师就包揽了这所有的程序。

想象一下我们要来做一个智能机器人。必须得有声音识别技术，查找数据并且为问题找到合适回答的程序，能够区分人脸的人脸识别技术，眨眼、手和脚都会像人类一样做动作的程序，能够理解人类内心世界的情感识别技术等，需要多到数不清的技术。一个人是很难完成这么多的程序的。所以，人工智能工程师经常会组成一个团队，密切协作。一般来说，他们会在研究所、大学，或者利用人工智能技术生产产品的企业等地方工作，开发程序。

成为人工智能工程师的方法

写程序的人被称为程序员。计算机或其他信息承载机器不能理解人类语言，因此，要下达它们可以理解的命令，也就是程序语言。

所以，要想成为人工智能工程师，首先要学会程序语言。我们在学校学习的 Entry[1] 或者 Scratch[2] 等编程语言虽然很有趣，但是，仅凭那些是无法写出人工智能程序的。所以需要学习更加复杂、难度更大的程序语言。

但是，开始的时候，最好还是用简单有趣的程序语言写一些简单的程序。要想让计算机帮你解决某些问题，就需要遵照一定的顺序下达命令，而在这个过程当中，我们可以学会如何将命令转化为程序语言。要想成为人工智能工程师，最好去学计算机或者软件相关的专业，因此，数学和科学的基础要好。同时，要熟悉计算机的基本操作。

另外，人工智能工程师是创造新事物的人，所以创意是非常重要的。他们可以创造出人工智能画家，也可以创造出比人唱歌还好听的人工智能歌手，还可以创造出儿童保姆，就像“爸爸”那样，让它们和孩子们做朋友。

想象一下需要什么人工智能程序吧，然后再努力去做一个人工智能工程师，写出厉害的程

---

① 通过软件程序设想未来的创意平台。——译者注

② 麻省理工学院的“终身幼儿园团队”开发的图形化编程工具，主要面对青少年开放。——译者注

序。和小美一起，开发出
可以理解人类内心的人
工智能程序吧，那一定
很酷！

图书在版编目（CIP）数据

人工智能爸爸 /（韩）高嬉贞著；（韩）鞠敏智绘；石莹超译 . -- 北京：中信出版社，2023.6
（“小学生前沿科学奇遇记”系列）
ISBN 978-7-5217-3709-7

Ⅰ . ①人… Ⅱ . ①高… ②鞠… ③石… Ⅲ . ①儿童小说—长篇小说—韩国—现代 Ⅳ . ① I312.684

中国版本图书馆 CIP 数据核字（2021）第 253769 号

人工智能爸爸

（“小学生前沿科学奇遇记”系列）

著　　者：［韩］高嬉贞
绘　　者：［韩］鞠敏智
译　　者：石莹超
出版发行：中信出版集团股份有限公司
（北京市朝阳区东三环北路27号嘉铭中心　邮编　100020）
承 印 者：宝蕾元仁浩（天津）印刷有限公司

开　　本：880mm × 1230mm　1/32　　印　　张：4.25　　字　　数：75千字
版　　次：2023年6月第1版　　印　　次：2023年6月第1次印刷
京权图字：01-2021-5708
书　　号：ISBN 978-7-5217-3709-7
定　　价：19.80元

出　　品：中信儿童书店
图书策划：将将书坊　　策划编辑：张慧芳　高思宇　　责任编辑：王琳
营销编辑：杜芳　　封面设计：周宴冰